L'AMOUR

A

CYTHÈRE.

L'AMOUR A CYTHÈRE,

BALLET-PANTOMIME

EN DEUX ACTES,

Représenté pour la première fois sur le Théâtre de l'Académie impériale de Musique, le 7 brumaire an 14.

A PARIS,

Chez ROULLET, libraire du Théâtre de l'Académie Impériale de Musique, rue des Poitevins, n°. 7.

AN XIV. (1806.)

Le Ballet est de M. HENRY.

La Musique de M. GAVEAUX.

A SON ALTESSE SÉRÉNISSIME

MONSEIGNEUR LE PRINCE

ARCHI-CHANCELIER

DE L'EMPIRE FRANÇOIS.

Monseigneur,

L A protection que vous daignez accorder au premier essai de mes foibles talens, en permettant que votre nom lui serve d'égide, soutient mon courage et me fait espérer l'in-

I

dulgence du public. Si j'ai le bonheur d'obtenir quelques succès, je les devrai à cette bonté qui vous caractérise et aux encouragemens que vous accordez aux arts. Heureux si je puis un jour mériter, par mes progrès, d'avoir fixé un instant votre attention, et justifier la faveur de faire paroître mon ouvrage sous d'illustres auspices.

Je prie MONSEIGNEUR d'agréer l'expression de la vive et respectueuse reconnoissance

de son humble et très-obéissant serviteur

L. HENRY.

PRÉFACE.

LES bontés dont le public daigne m'honorer m'ont engagé à lui offrir le ballet de l'Amour a Cythère. Pour lui prouver ma reconnoissance et mériter ses suffrages, j'ai pour ainsi dire composé mon sujet : le trait de la colère de Jupiter, est le seul qui soit pris dans la Mythologie ; le reste est d'imagination. Ainsi que les anciens, j'ai tout personnifié ; j'ai même fait naître des fleurs sur le théâtre : cette fiction m'a paru neuve, et j'ai choisi l'isle de Cythère pour la mettre à exécution.

Tous les Artistes m'ont témoigné une amitié dont je conserverai un souvenir éternel. Mademoiselle *Clotilde*, en acceptant le rôle de Vénus, a mis toute la noblesse et la grâce dont elle est susceptible ; madame *Gardel*, dont la modestie égale le talent, a choisi celui de la Violette : les mœurs douces et pures de cette aimable Artiste, semblent s'accorder avec le caractère de cette fleur.

S'il falloit rendre hommage à messieurs *Goyon*, *Saint-Amant*, *Beaulieu*, *Branchu*, *Aumer*, et mesdames *Chevigny*, *Emélie Colomb*, *Milliere*, *Victoire Saulnier*, et plusieurs autres, il faudroit une plume plus exercée que la mienne. Qu'il me suffise de leur témoigner ma reconnoissance, ainsi qu'à ces messieurs et dames du corps de la Danse, dont le zèle et l'ardeur m'ont mis à même de monter mon ballet en vingt jours.

PERSONNAGES.

PERSONNAGES.	ACTEURS.
JUPITER	M^r. *Le Bel.*
VÉNUS	Mlle. *Clotilde.*
MERCURE	M^r. *Sarron.*
L'AMOUR	Mlle. *Rosière.*
L'HYMEN	M^r. *Pequeux.*
ZÉPHYRE	M^r. *Henry.*
IRIS	Mlle.
EUPHROSINE.	Mme. *Vestris.*
THALIE (Grâces.)	Mlle. *Félicité.*
AGLAIA.	Mlle. *Hutin.*
LA VIOLETTE	Mme. *Gardel.*
LA ROSE	Mlle. *Millière.*
LA TUBÉREUSE	M^{le}. *Victoire Saulnier.*
EOLE	M^r. *Aumer.*
BORÉE	M^r. *Goyon.*
UNE BERGÈRE	Mlle. *Emélie Colomb.*
UN BERGER	M^r. *Saint-Amant.*

DIVERTISSEMENT.

PERSONNAGES.   ACTEURS.

DEUX FAUNES . . . . { *M^{rs}. Beaulieu.*

                    Branchu.

UNE NYMPHE . . . . *Mlle. Chevigny.*

TROIS AUTRES NYMPHES. . { *Mlles. Mareiller cad^e.*

                             Jenny.

                             Mareiller aîn.

CHEFS DES VENTS.

Messieurs *Deschamps, Cantagrele, L'Huillier, Butteau.*

VENTS.

Messieurs *Honoré, Rivière, Godefroi, Petit, Leroy, L'Enfant, Justin, Seuriot* jeune, *Bance, L. Petit, Courtois, Seuriot* l'aîné, *Liger, Leblond, Biquier, Gogot.*

NYMPHES.

Mesdemoiselles *Léon, Saint-Léger, Lily, Adelaïde, Narcisse, Laurence, Eulalie, Eugénie, Proche, Almain, Pansard, Mareiller* aînée,

Jenny, Bodson, Lamare, Poitevin, Coulon jeune,
Lolotte, Adelaïde Feret.

JEUX.

Pierret, Blondin, Rosier, Jacotot, Aimée, Auguste-Toussaint.

RIS.

Anatol, Eugénie cadette, *Lemière, Mariane, Boudet, Adère.*

PLAISIRS.

Beauglin, Lacroix, Bertet cadet, *Fligre, Athalie, Simon.*

BERGERS.	BERGÈRES.
M^{rs}. *Auguste.*	Mlles. *Ballan.*
Eve.	*Marinette.*
Maze.	*Cécile.*
Dejaset.	*Dupuis.*
Vincent.	*Naderkor.*
Beautin.	*Lavaucourt.*
Petit, deuxième.	*Launer.*
Elie.	*Eugénie Moneuse.*

AMOURS.

Messieurs *Pequeux*, *Josse*, *Lalande*, *Dupuis*,
Rosier, *Auguste*, *Lemoine*, *Manuel*, *Bretel*,
Galon, *Simon*;

Mesdemoiselles *Blondin*, *Pierret*, *Pivert*, *Betzy*,
Rosière, *Nanine*, *Zélie*, *Adèle*, *Jacotot*, *Gos-
selin* aînée, *Gosselin* cadette, *Aimée*, *Rose
Blanche*.

PETITS AMOURS.

Messieurs *Simon* cadet, *Stephano*;
Mesdemoiselles *Hulin*, *Blondin* cadette.

La Scène se passe dans l'isle de Cythère.

L'AMOUR

A CYTHÈRE.

ACTE PREMIER.

Le théâtre représente une Isle ; sur la gauche on voit une fontaine ; sur la droite, le temple de Vénus ; plus loin, une montagne ; dans le fond, la mer battant des rochers couverts d'arbres et de buissons.

SCÈNE PREMIÈRE.

Au lever de la toile, vers la mer, sont des bergers occupés à vouloir former des guirlandes de feuillages. Ils ne peuvent réussir : à peine ont-ils assemblé quelques feuilles, qu'elles se séparent. Les jeunes gens ne font point attention aux jeunes filles, tous se regardent avec indifférence. La nature semble inanimée.

SCÈNE II.

LES Jeux, les Plaisirs et les Ris viennent se rendre au pied du temple de Vénus; l'un des Jeux ordonne aux Plaisirs et aux Ris de pénétrer dans l'intérieur, pour préparer un sacrifice; puis il invite sa suite à danser avec lui. A la vue des pas que forment ces enfans, les bergers s'approchent; les Jeux les apercevant, les prient de se joindre à eux pour offrir un sacrifice à la reine de Cythère. Les Plaisirs et les Ris sortent du temple. Bientôt l'encens brûle sur les autels de la déesse, et les vœux des bergers se réunissent aux vœux des immortels. Vénus, sensible à cette offrande, descend au milieu des airs.

SCÈNE III.

VÉNUS est à côté de l'Amour qui repose : ce
dieu est entouré des Grâces. Lorsque Vénus est
arrivée à terre, Jeux, Plaisirs, Ris et bergers se
prosternent à ses genoux. La belle Cythérée laisse
apercevoir le plaisir qu'elle éprouve, et conduit sa
cour vers son fils , dont on admire la beauté.
L'Amour s'éveille; Vénus le presse tendrement sur
son sein. Les Grâces le prennent et vont le baigner
dans la fontaine qui est en face du temple. Aussitôt
que l'Amour est dans l'eau, il en sort une flamme
rapide. (L'étonnement se peint sur toutes les phy-
sionomies.) Les Grâces le retirent du bain et lui
passent une autre tunique. Cupidon veut s'échapper
de leurs bras : dans la crainte qu'il ne tombe, l'une
d'elles le prend par les aîles ; une autre sème des
feuilles vertes devant lui, afin de ne pas froisser
ses pieds délicats. Voyant l'assurance du dieu, elles
le laissent marcher seul ; il court vers sa mère, lui

montre la fontaine, et lui dit que tous ceux qui viendront se désaltérer dans ses eaux, connoîtront le charme de l'Amour. Vénus, pour en faire l'épreuve, choisit un jeune homme et une jeune fille parmi les bergers; un Plaisir présente une coupe qu'il vient de remplir à la fontaine : le charme opère et rend les deux bergers amoureux. Tous les petits amours de la suite de Cupidon viennent complimenter leur souverain. Celui-ci profite du temps que les bergers emploient à danser, pour aller chercher des flèches. Vers la fin du pas, il revient, les distribue aux amours, et leur parle à l'oreille. Le couple amoureux étant fatigué, il prie les autres bergers et bergères de danser. Toutes les flèches qu'il vient de distribuer sont trempées dans la fontaine. Les amours, qui en sont possesseurs, passent derrière les bergers : au signal que donne Cupidon, ils les piquent tous. La danse, qui étoit froide, commence à s'animer; le sentiment d'amour passe dans le cœur des jeunes gens, et leur fait exécuter un pas voluptueux.

SCÈNE IV.

DES nymphes viennent offrir à Vénus des corbeilles remplies de fleurs des champs : la déesse les accueille favorablement. Pour éviter que l'Amour n'exerce son empire sur ces divinités champêtres, elle badine avec lui. Les petits compagnons de cet enfant forment un demi-cercle autour de la déesse, et regardent attentivement. Vénus, ayant tous les amours sous sa vue, prend dans le carquois de son fils une flèche qu'elle met en équilibre sur son doigt. L'Amour veut s'en emparer, mais elle l'enlève toujours lorsqu'il s'élance ; Cupidon, lassé de ne pouvoir l'atteindre, fait éclater toute sa colère ; il menace le ciel, la terre, les enfers, et se promet d'embraser tous les cœurs. Vénus, en voulant l'appaiser, ne fait que l'irriter : voyant que la douceur ne peut réussir, elle emploie la violence et veut le réduire. L'Amour, sans s'épouvanter, choisit un moment favorable, pour reprendre sa flèche.

Armé de ce trait, il veut blesser sa mère ; mais celle-ci, le regardant sévèrement, le fait rentrer dans les bornes du respect : de dépit, il brise sa flèche. Vénus lui fait de vifs reproches ; alors il ne peut se contenir plus longtemps, et, d'un rire moqueur, il insulte la déesse. Vénus, outragée par tant d'audace, ordonne à Thalie d'apporter une guirlande pour enchaîner son fils. Euphrosine prend les mains de l'enfant, Aglaïa lui retire son arc, Vénus le carquois ; Thalie apporte des liens : aussitôt l'Amour est attaché à une colonne du temple. Cupidon se voyant enchaîné, se désole, trépigne, et lance des regards pleins de feu aux Grâces qui dansent devant lui.

SCÈNE V.

L'ATTENTION portée sur l'Amour est suspendue par des sons harmonieux et légers ; toute la cour laisse Cupidon pour voler au-devant de Zéphyre, qui arrive en bondissant. Mais bientôt la peine succède au plaisir. Zéphyre apercevant l'Amour enchaîné, brise ses liens, et dit à Vénus que Jupiter, connoissant tous les troubles qu'il doit causer, veut le foudroyer. Cette nouvelle jette la consternation dans tous les esprits. Vénus cache son fils dans son sein, et croit que la foudre est prête à le frapper. Zéphyre lui donne le conseil de remonter vers l'Olympe, et de soustraire l'Amour à la colère de Jupiter. La déesse y consent, et confie Cupidon aux nymphes, en leur recommandant ce trésor. Elle témoigne sa reconnoissance à Zéphyre, et part pour implorer le maître des dieux. Les Jeux, les Plaisirs et les Ris rentrent dans le temple ; les nymphes emmènent l'Amour : ce Dieu quitte Zéphyre à regret ; il reprend son arc et son carquois que les Grâces ont déposés sur les marches du temple, et semble projetter quelques espiégleries. Les bergers s'éloignent ainsi que Zéphyre, et se perdent dans la campagne.

FIN DU PREMIER ACTE.

ACTE DEUXIÈME.

SCÈNE PREMIERE.

ZÉPHYRE, énnemi de l'ennui, parcourt le
théâtre en dansant. D'un souffle il fait éclore mille
belles fleurs qui, pour la première fois, ornent la
terre. Zéphyre, charmé de voir les fleurs qu'il vient
de faire éclore, voltige de l'une à l'autre. Ce dieu,
non satisfait, veut encore les animer : dans cette
intention, il s'approche d'un parterre émaillé.

SCÈNE II.

LA Tubéreuse reçoit la vie, et sort du sein du
parterre, sous la figure d'une nymphe. Zéphyre danse
avec elle. (Vers la fin du pas elle se trouve fatiguée.)

SCÈNE III.

L'Amour arrive lorsqu'elle est obligée de se reposer. Il regarde si les nymphes ne le suivent pas, et va se cacher derrière un buisson, pour observer Zéphyre qui, de son haleine, donne l'existence à l'humble Violette, cachée sous un feuillage épais. Du fond d'un bosquet on la voit s'avancer avec modestie. La Tubéreuse marquant de la jalousie, il est forcé de réunir les deux beautés qu'il vient d'animer, et de danser avec elles. Cupidon, fâché de voir Zéphyre inconstant, forme le projet de le rendre amoureux. Il passe derrière l'arbre qui tient au buisson, tend son arc et prend une flèche ; là, il épie le moment de blesser son ami. Lorsque ce dernier s'approche du rosier pour animer la Rose, Cupidon lui lance le trait qui le rend sensible. Le buisson s'anéantit ; la fleur s'offre à la vue de Zéphyre qui reste interdit ; ses yeux osent à peine se fixer sur elle ; il craint de l'approcher, et porte ses mains sur sa blessure. Un charme inconnu s'empare de son ame, et le conduit vers la Rose, qui le reçoit très-froidement. Le dieu paroît étonné ; il ne se décourage pas, et s'approche une seconde fois. Elle veut s'éloigner ; il l'arrête et lui peint son amour : plus elle est cruelle, et plus il devient pressant. Les fleurs ne peuvent se lasser d'admirer la beauté de leur nouvelle compagne. Ces fleurs, à qui Zéphyre vient de donner l'existence, prennent part à la peine du dieu, et le voyant éperduement amoureux, elles engagent la Rose à répondre à ses vœux. Celle-ci fait encore résistance à Zéphyre, qui se jette à ses genoux. Désespéré des refus de la Rose, il va tomber sur un banc qui est à côté de la fontaine. Cupidon vient à son secours, ranime son courage et lui dit de feindre. Les fleurs reprochent à la Rose d'être ingrate envers son bienfaiteur. Cette fleur paroît émue : l'Amour, qui le remarque, force Zéphyre à s'éloigner. La Rose semble fâchée de le voir partir, et malgré sa fierté, paroît s'affliger. Zéphyre, s'en apercevant, veut revenir ; Cupidon le retient. La Rose dirige ses pas vers Zéphyre ; elle ne tarde pas à se repentir de son imprudence : il revient, et la conjure de céder à son amour. Elle se trouble et ne peut lui répondre ; le dieu redouble ses instances et la presse si vivement, qu'elle tombe dans ses bras. De son haleine il veut la ranimer ; ses soins deviennent inutiles. Cupidon court à la fontaine, prend un peu d'eau dans ses mains, vole vers la Rose et lui en fait respirer. Elle revient à la vie, mais brûlée d'un feu dévorant ; ses yeux cherchent avec empressement ceux de Zéphyre ; lorsqu'elle les rencontre, elle détourne ses regards, paroît toute confuse et se couvre le visage avec ses mains. Cupidon la ramène dans les bras de Zéphyre : ne pouvant plus longtemps résister au penchant qui l'entraîne, elle danse avec lui. A peine ce couple a-t-il formé deux ou trois grouppes, qu'un bruit de tonnerre se fait entendre. Les fleurs paroissent inquiètes : l'Amour et Zéphyre les rassurent. Les nymphes effrayées accourent en cherchant le fils de Vénus : celui-ci se cache parmi les fleurs, lorsqu'il les voit arriver.

SCÈNE IV.

LES nymphes apercevant Cupidon, vont pour le prendre ; il les évite et se sauve dans les bosquets. Bientôt elles parviennent à le joindre : l'Amour craignant d'être encore enchaîné, demande pardon aux jeunes beautés à qui Vénus l'a confié. Dans cet instant, la foudre gronde et Mercure paroît.

SCÈNE V.

LES fleurs entourent Zéphyre, les nymphes veulent cacher l'Amour. Mercure s'avance, et leur demande Cupidon, au nom de Jupiter. Les nymphes connoissant le sort qu'on lui réserve, refusent de le livrer. Mercure indigné, veut saisir l'enfant ; mais Zéphyre s'y oppose. La foudre redouble ses coups, les nuages s'amoncèlent, et le jour fait place à la nuit : les fleurs épouvantées peuvent à peine se soutenir. Mercure représente à Zéphyre que Jupiter l'accablera de sa colère, s'il s'oppose à ses desseins. Pendant ce temps, les nymphes entraînent l'Amour dans le temple. Mercure veut les suivre; il s'arrête tout à coup sur les degrès : redoutant la vengeance de Vénus, il n'ose pénétrer dans le sanctuaire. Outré contre Zéphyre, le fils de Jupiter invoque les vents orageux.

SCÈNE VI.

TOUS les vents paroissent; on voit à leur tête Eole leur roi, s'avancer avec fierté; Mercure leur peint Zéphyre comme un rebelle aux ordres de Jupiter, et les engage à punir son audace. Eole reconnoissant son fils, refuse de le tourmenter. Mercure le contient avec son caducée, pendant que les vents tourmentent Zéphyre. Eole veut les retenir; rien ne peut arrêter leur fureur. La Rose effrayée se jette dans les bras de Zéphyre : ils sont

bientôt séparés par les vents. Les fleurs ne peuvent
soutenir la présence de ces êtres redoutables : elles
veulent se réfugier dans le temple ; une seule entre ;
la force abandonnant les autres, elles s'évanouis-
sent sur les marches : un nuage les couvre aussitôt.

SCÈNE VII.

LE tonnerre, la pluie et les éclairs se réunissent
contre l'infortuné Zéphyre. Borée se précipite sur
lui avec impétuosité ; tous les vents imitent son
exemple. Eole s'échappe, les appaise, et veut em-
mener son fils. Mercure montre le ciel aux vents,
le tonnerre tombe, et leur persuade que Jupiter est
irrité. Tous fondent sur Zéphyre et sur Eole ; ce
dernier montre sa couronne, en leur reprochant de
se révolter contre lui. Mercure, qui s'aperçoit que
les vents vont se laisser fléchir, est obligé de chas-
ser Eole avec son caducée. Il disparoît avec lui.
Borée et tous les autres vents enveloppent Zéphyre ;

après bien des courses, ils le poussent avec violence sur un nuage ; puis se réunissant tous, ils le font disparoître dans les airs, et le suivent à travers les nuées.

SCÈNE VIII.

VÉNUS arrive précipitamment : à sa démarche, à sa figure, qui portent l'empreinte de la douleur, on voit qu'elle n'a pu fléchir Jupiter. Quelle est sa surprise en voyant les flots en courroux et le parterre renversé ! Sa surprise augmente encore, en apercevant la Rose qui se ranime ; elle porte ses pas vers son temple, et reste immobile à la vue des fleurs abattues. Elle demande à la Rose où est son fils ; cette fleur ne pensant qu'à Zéphyre, se relève toute égarée, fixe un instant ses regards sur Vénus, et, sans lui répondre, parcourt le théâtre en cherchant son amant ; ne le trouvant pas, elle se livre au désespoir. Vénus la conjure de lui apprendre ce

qui est arrivé à l'Amour ; la Rose, qui croit toujours
qu'on lui parle de Zéphyre, lui dit qu'il vient de
périr. Vénus reste un instant immobile : bientôt elle
reprend l'usage de ses sens, et se rappelle les ca-
resses de son fils. Le visage de la déesse est inondé
de larmes ; puis elle tombe dans le délire, et
appelle les Nymphes.

SCÈNE IX.

LES nymphes, l'Amour et la suite de Vénus
sortent du temple. Cythérée ne peut en croire
ses yeux. Lorsqu'elle voit Cupidon, cette mère
sensible le couvre de baisers ; elle apprend par
lui que Zéphyre, pour avoir voulu le défendre
contre l'envoyé de Jupiter, est devenu le jouet des
vents furieux.

SCÈNE X.

LE tonnerre gronde de nouveau : Jupiter et Mercure paroissent au milieu des éclairs. Jupiter est prêt à lancer la foudre sur l'Amour, lorsque Vénus se précipite au-devant. Le maître des Dieux descend, et ordonne que l'Amour lui soit remis. En vain Cythérée embrasse ses genoux ; il est inflexible. L'Amour le défie et se livre à lui : Jupiter le saisit et veut le foudroyer ; l'enfant le serre dans ses bras, et lui cause un trouble violent. Vénus et les nymphes profitent de cet instant pour le supplier. L'Hymen arrive, et se jette aux pieds de Jupiter, pour obtenir la grace de son frère. Le dieu cède enfin aux pleurs de Cythérée et à ceux de l'Hymen : il reconnoît l'Amour pour un dieu, et lui fait prêter serment d'unir son existence à celle de l'Hymen ; l'Amour sourit malignement en prenant la main de son frère. Ce petit dieu, les fleurs et Vénus demandent à Jupiter de leur rendre Zéphyre : le maître des dieux fait un signe ; les nuages se dissipent, et laissent apercevoir un arc-en-ciel au-dessus de la mer.

SCÈNE XI.

Iris jetant des fleurs dans les flots, ramène Zéphyre sur un nuage léger. Tous deux passent sur le météore. Ils s'arrêtent sur le haut d'un rocher, et descendent. La Rose vole dans les bras de Zéphyre ; elle tombe à genoux, avec lui, devant Jupiter : ce dernier pardonne à Zéphyre, et l'unit à la Rose ; l'Hymen consacre ces nœuds sur la tête de l'Amour, qui se courbe et joint ses petites mains. Zéphyre fait reconnoître la Rose pour la reine du printemps ; les fleurs promettent de la regarder comme leur souveraine. Les Jeux, les Plaisirs et les Ris forment un berceau sous lequel se placent Jupiter et Mercure.

UN DIVERTISSEMENT GÉNÉRAL.

FIN.